_____의 _____번째 초서

초서

1판 1쇄 발행 2015년 12월 07일
1판 2쇄 발행 2016년 01월 04일

지은이 그리고책 편집부
펴낸이 김선숙, 이돈희
펴낸곳 그리고책

주소 서울시 마포구 동교로 19길 7 2층
대표전화 02-717-5486~7
팩스 02-717-5427
이메일 editor@andbooks.co.kr
홈페이지 www.andbooks.co.kr
출판등록 2003년 4월 4일 제 10-2621호

편집책임 이정순
자문·감수 김병완
편집·진행 이선미, 안세은, 장유정, 김아름, 윤미희
마케팅 이교준, 남유진, 정강석, 김성은
경영 전략 박승연, 송옥형
디자인 ZIWAN
값 9,000원
ISBN 978-89-97686-67-4 (03800)

초서

【抄書 초서】 책의 내용을 뽑아서 씀, 또는 그렇게 쓴 책.

그리고책
and books

　저는 몇 해 전부터 꾸준히 초서를 해오고 있었습니다. 좋은 글귀를 읽을 때면 딸에게도 이 이야기를 들려주고 싶은데, 딸이 초등학생이다 보니 아직 아이가 이해할 수 있는 내용도 아니거니와 나중에 들려주려고 해봤자 저의 기억력에도 한계가 있지 않습니까? 그러니 적어두자, 초서는 그렇게 시작하게 된 것이었어요.

　글을 다루는 사람이다 보니 아이에게 해줄 말을 그대로 글로 써도 되었겠지만, 지금의 내가 성인이 된 아이에게 편지글을 남긴다는 게 여간 낯부끄럽더라고요. 그래서 노트 한 권을 정해 책을 읽다가 감명 깊은 구절이 나오면, 그 구절이 나중에 딸에게도 소용 있을 것 같으면 옮겨 적기 시작한 것이 제 '초서'의 시작이었습니다.

　처음에는 책의 좋은 글을 옮겨 적는, 말하자면 베껴 쓰는 것을 두고 '초서'라는 멋진 단어로 표현할 수 있다는 것도 몰랐어요. 그저 성인이 된 딸을 생각하며 좋은 글귀를 옮겨 적기 시작했을 뿐이지요. 그런데 이 초서가 묘한 매력이 있더군요. 책을 구입한 날짜도 기록하고 읽은 날짜도 기록하고 제목, 분류 등을 일목요연하게 정리하다 보니, 내 생각이나 관심의 흐름을 한눈에 볼 수 있는 것은 물론 빌려 읽었거나 책을 다른 사람에게 줘 버려 내 서재에서 그 책이 없어져도 초서한 내용을 다시 한 번 읽는 것만으로도 책 읽을 당시의 감동과 울림을 고스란히 다시 느낄 수 있었다는 거죠.

초서의 매력에 한창 빠져있을 무렵 저처럼 초서에 빠진 대단한 분을 알게 됩니다. 바로 다산 정약용 선생이에요. 정약용의 〈목민심서〉 정도만을 알고 있던 저는 그가 75해를 넘겨 살면서 무려 500여 권의 책을 낸 사실을 알게 되었는데요, 그가 엄청난 다작을 할 수 있었던 이유가 바로 초서였다고 합니다.

평소 다독을 한 것으로도 유명한 정약용은 책을 읽을 때면 늘 책 속에서 글을 뽑아 책의 제목과 함께 옮겨 적어 초서한 종이를 글항아리에 보관해두었다고 해요. 글항아리에 종이가 차면 그 종이들을 꺼내어 분류하고 아이디어를 떠올려 책을 썼다고 합니다.

말하자면 글항아리에 담긴 초서 종이를 책 기획의 밑거름으로 사용했던 것이죠. 무슨 책을 쓸지 기획을 해서 그에 필요한 자료 조사를 하는 순서가 아닌 뒤죽박죽이더라도 잡다하고 관심 가는 다양한 책에서 글을 뽑아 두었다가 그 내용을 토대로 기획 아이템을 잡아 글을 쓰는 순서였던 거예요. 그랬기 때문에 남들은 1권도 내기 힘든 책을 그렇게나 많이 낼 수 있었던 거고요.

물론, 제가 나중에 책을 낼 생각이 있는 건 아닙니다. 미래의 제 딸과 소통하고 있는 것만으로도 매우 만족합니다. 거기다 제 관심사와 생각들을 보여주는 멋진 저만의 초서를 완성해가는 뿌듯함도 있고요. 꾸준히 써 내려가다 보면 제가 누구인지는 이 '초서'가 말해줄 듯합니다.

초서를 하다 보니, 오래 두고 보관할 건데 이왕이면 좋은 노트에 쓰고 싶어졌어요. 필기감 좋은 질 좋은 종이에 초서할 때마다 적어야 하는 기본 내용들도 인쇄되어 있으면 훨씬 편하겠다는 생각에서 초서 전용 노트를 기획하게 되었습니다. 책을 베껴 쓰는 데 그치지 않고 나만의 아이디어나 생각 등을 글로도, 그림으로도 표현하기 좋게 한쪽 페이지는 선을 그어두었고, 한쪽 페이지는 비워두었어요.

이 초서는 저처럼 성장한 자녀에게 들려주고 싶은 이야기를 엮는 용

도로도 좋고 독서를 통한 아이디어 노트, 작가의 길을 열어줄 글쓰기 연습서, 수험생을 위한 논술대비서 등으로도 활약할 수 있을 것 같아요.

　모든 게 디지털화되어 가는 세상, 그래서 누구나 볼 수 있는 디지털의 세상에 내 관심사를 정성껏 노출하며 살아가고 있을 텐데요. 싸이월드 …→ 네이버 블로그 …→ 카카오스토리 …→ 페이스북 …→ 인스타그램 등 세상의 유행에 따라 여기 조금, 저기 조금 내 흔적들을 남길 것이 아니라, 책이라는 조금은 묵직한 아이템으로 긴 호흡을 가지고 조금씩 완성되어 가는 나를 남겨보는 것은 어떨까요? 그게 누구를 위한 시작이었든 결국 진짜 나를 보여줄 수 있는 방법은 아닐까요?

그리고책 대표
김선숙

| 초서를 쓰는 법 |

① 권수 쓰기

몇 번째 초서하는 책인지 권수를 숫자로 적어 표시합니다. 한 권의 책에서 초서할 내용이 많이 나올 경우에는 다음 페이지에 권수를 적을 필요 없이 한 번만 적습니다.

도서명 :   날짜 :

지은이 :   분야 :

출판사 :   평점 :

③ 페이지 적기

세로 라인을 기준으로 왼쪽에는 초서할 책의 페이지를 적습니다. 책에서 초서한 부분을 다시 찾아 읽거나 참고할 때 쉽게 찾을 수 있습니다.

④ 초서하기

책을 읽다 마음을 움직인 구절을 초서합니다. 책의 내용을 그대로 옮겨 적는 초서로도 충분하지만, 감상이나 생각, 메모 등을 적어도 좋습니다.

8

② 책 정보 적기

초서할 책의 기본 정보를 적습니다. 책 정보 적는 곳을 최대한 위로 배치하여 아래쪽에 초서할 공간을 충분히 확보했습니다. 권수 쓰기와 마찬가지로 여러 페이지에 걸쳐 초서를 하더라도 시작하는 페이지에 한 번만 적습니다.

도서명 :　　　　　　　　　　날짜 :
지은이 :　　　　　　　　　　분야 :
출판사 :　　　　　　　　　　평점 :

[책 정보 쓰는 법]

도서명
책의 제목을 적습니다. 원작이 있다면 원작의 제목도 적어둡니다.

지은이
책의 저자를 적습니다. 번역서인 경우에는 옮긴이를 같이 적어둡니다.

출판사
출판사를 적습니다. 적다 보면 나랑 취향이 맞는 출판사가 있다는 것도 알게 됩니다.

날짜
읽은 기간을 적습니다. 구입한 날이나 초서한 날을 적어도 좋습니다.

분야
책의 장르와 분야를 적습니다. 어느 나라 책인지 적어 보는 것도 좋습니다.

평점
나만의 기준으로 책에 점수를 매겨봅니다. 별점이나 숫자로 남겨볼 수도 있고 간단한 한 줄평도 적을 수 있습니다.

읽는 것 만큼 쓰는 것을 통해서도 많이 배운다. 액톤 경 9

가장 완벽한
독서법, 초서

"위대한 인물, 위대한 가문, 위대한 나라를 만드는 것은 위대한 독서법이다"

모두가 독서의 중요성을 알고 있고, 어릴 때부터 많은 책을 읽는 것을 권장하고 있다. 그런데 정말 '많이' 읽으면 무조건 좋은 것일까? 책을 다 읽고 마지막 장을 덮었는데 정작 머릿속에는 책 내용이 거의 남지 않았던 적이 누구나 있을 것이다. 분명히 읽었는데 내용을 알 수 없는, 그야말로 '읽기만 하는 바보'가 된 것이다. 독서에서 가장 중요한 것은 다독(多讀)이 아니라 '한 권을 읽더라도 내 것으로 만드는 것'이다.

진정한 독서란 책의 내용, 즉 저자의 생각과 자신의 생각을 마주함으로써 끊임없이 생각하고 사고의 확장을 도모하는 사고 훈련이다. 이를 위해서는 책을 여러 번 반복해서 읽으면서 생각을 손으로 적는 과정이 필수다. 위대한 업적을 이룬 선조들은 모두 여러 번 읽고 베끼는 독서법을 실천하며 내용을 완전하게 자신의 것으로 체득하는 것을 중요시하였다. 세종대왕은 백 번 읽고 백 번 베껴 쓰는 '백독백습(百讀百習)'을 실천하였고, 마오쩌둥 역시 "붓을 움직이지 않는 독서는 독서가 아니다"라고 말하며 세 번 반복해 읽고 네 번 쓰면서 익히는 '삼복사온(三復四溫)' 독서법을 지니고 있었다.

이렇듯 위대한 나라를 만든 인물들의 공통점은 독서를 할 때 꼭 손으로도 기록을 남겼다는 것이다. 책의 내용을 적으며 저절로 자신의 생각을 정리할 수 있었고, 그 과정에서 나라를 이끌 뛰어난 방책을 얻어 왔다고 말할 수 있겠다. 물론 그들의 타고난 재능과 인품이 큰 역할을 했을 것이다. 하지만 위대한 인물들이 갖추고 있었던 독서 습관이 이토록 닮아있다는 것은 또 하나의 큰 의미를 갖는다. '책의 내용을 적으며 읽는 독서'를 하나의 독서법으로 정리한 사람이 바로 다산 정약용이다.

뛰어난 독서가일 뿐만 아니라 집필가로 알려진 다산 정약용은 "독서에는 세 가지가 있는데, 입으로 읽고 눈으로 읽고 손으로 읽는 독서다. 그중에서 가장 중요한 것이 손으로 읽는 독서"라고 말하였다. 정약용이 강조한 손으로 읽는 독서법을 '초서(抄書)'라고 한다. 책 내용을 곱씹고 생각을 정리할 수 있는 독서법 중 가장 효과적인 초서에 관해 자세히 알아보자.

"중요한 내용은 뽑아 기록하라"
다산 정약용의 초서

다산 정약용은 18년 유배 생활 동안 500여 권의 책을 집필했다. 일 년에 28권의 책을 써 내려간 셈이다. 계속 자리에 앉아만 있어 과골삼천(踝骨三穿. 복사뼈가 세 번 구멍이 나다) 하였다는 말이 생길 정도니, 그가 엄청난 독서와 저술 활동을 했다는 걸 여실히 알 수 있다.

이를 가능하게 해주었던 것이 바로 초서 독서법이다. 다산 정약용은 그 효과를 잘 알고 있었기에 자녀들에게도 끊임없이 초서 독서법을 강조하였다.

초서(抄書)의 방법은 먼저 자신의 생각을 정리한 후 어느 정도 정리가 되면, 그 후에 그 생각을 기준으로 취할 것은 취하고 버릴 것은 버려야 취사선택이 가능하게 된다. 어느 정도 자신의 견해가 성립된 후 선택하고 싶은 문장과 견해는 따로 필기를 해서 간추려놓아야 한다. 그런 식으로 한 권의 책을 읽더라도 자신의 공부에 도움이 되는 것은 뽑아서 적고 보관하고, 그렇지 않은 것은 재빨리 넘어가야 한다. 이런 방법으로 독서를 하면 백 권의 책이라도 열흘이면 다 읽을 수 있고, 자신의 것으로 삼을 수 있게 된다.

— 다산 정약용, 〈두 아들에게 답함(答二兒)〉 중

앞서 초서가 '손으로 하는 독서'라고 하였는데, 혹여 필사와 비슷한 것으로 생각할 수도 있을 듯하다. 하지만 중요한 대목을 그대로 베껴 쓰기만 하는 필사와는 달리, 초서는 맹자가 강조했던 '이의역지(以意逆志)', 즉 '내 뜻으로 저자의 뜻을 거슬러 구하는 것'을 실천하는 독서법이다. 다산 정약용의 자녀들도 초서를 필사로 생각하여 소홀히 여긴 적이 있었는데, 이때 정약용은 크게 화를 내며 초서의 중요성을 거듭 강조하였다고 한다.

독서로 뜻을 세우는 초서의 다섯 단계

초서 독서법의 가장 큰 효과는 책의 내용을 온전히 내 것으로 만들 수 있다는 것이다. 눈으로만 읽으면 내용을 이해하는 데 그치지만, 초서는 책의 핵심 내용과 중요 문장을 손으로 직접 쓰기 때문에 그 과정에서 핵심 키워드와 문장을 머리에 각인할 수 있게 된다. 또한 그 이후 자신의 생각을 정리하면서 책의 내용을 한 문장으로 요약하는 훈련도 겸할 수 있다.

그렇다면 초서를 실천하는 방법에는 어떤 단계가 있을까. 다산 정약용은 초서를 다섯 가지 단계로 나누어 정리하였다. 이 단계를 꼭 따를 필요는 없다. 초서를 하다 보면 자신만의 단계가 자연스럽게 생기기 마련이다. 하지만 시작하기 전에 '초서 전문가'라고 할 수 있는 정약용의 단계를 미리 알아두는 것도 좋을 것이다.

1단계 입지(立志)

독서를 하기 전 자기의 뜻을 세워야 한다. 책에는 저자의 의견이 담겨 있기 때문에 자칫하면 맹목적으로 휘둘릴 수 있다. 도움이 되는 것을 추리려면 주관을 세우는 것이 중요하다.

2단계 해독(解讀)

책을 읽고 이해하며 내용을 파악한다. 모르는 부분이 생긴다면 다른 책을 참고하거나 주변에 물어보아 완전하게 이해하고 넘어간다.

'취할 것은 취하고 버릴 것은 버린다.' 해독을 하면서 정리한 것을 바탕으로 책의 내용을 비교 분석하며 내용을 통합하고 성찰한다.

4단계 초서(抄書)

3단계에서 정리한 문장과 견해를 뽑아 기록하고 간추린다. 독자의 입장에서 저자의 입장이 되어보는 과정이라고 할 수 있다.

5단계 의식(義識)

책을 통해 얻은 견해를 토대로 자신의 뜻을 새로이 세운다.

다산 정약용은 하루에 천 권의 책을 읽어도 그 뜻을 찾아야만 제대로 된 효과를 누릴 수 있다면서, 한 권의 책을 읽을 때마다 이런 5가지 과정을 거치며 정성을 들인 독서를 하였다. 그는 해마다 일 년 동안 읽을 책을 미리 철저하게 계획하는 것도 잊지 않았다.

> 나는 소싯적 새해를 맞을 때마다 꼭 일 년 동안 공부할 과정을 미리
> 계획해 보았다. 예를 들면 무슨 책을 읽고 어떤 글을 뽑아 적어야 하
> 겠다는 식으로 작정을 해놓고 꼭 그렇게 실천하곤 했다
>
> — 다산 정약용, 〈두 아들에게 답함(答二兒)〉 중

또한 초서한 글들은 따로 모아두고 자신의 학습뿐만 아니라 자녀의

교육에도 활용했다. 게다가 이렇게 기록한 것을 묶어 저술 활동에도 활용하였다. 항아리나 궤를 항상 옆에 두고 초서한 종이를 넣어두고 시시때때로 꺼내보며 한 권의 책을 만든 것이다.

이렇듯 초서는 책의 내용을 뽑아 정리하고, 그것을 내 것으로 만들어 얼마든지 활용할 수 있게끔 해준다. 글을 잘 쓰는 방법 중 하나로 필사를 추천하는 사람들이 많은데, 사실 필사의 효과를 얻으면서 제대로 된 독서까지 잡을 수 있는 것이 바로 초서다. 초서를 하면서 제 2의 저자가 되어 마치 책을 쓰는 것과 같은 연습을 할 수 있다. 책을 읽으면서 또 다른 책인 자신의 노트에 집필을 이어나가는 것이다.

초서를
시작하기 전에

나에게 맞는
좋은 책 고르는 법

책을 읽으며 기억에 남을 글귀를 적어두고 정리할 수 있는 〈초서〉를 마련했다. 당장 오늘부터 진짜 나를 만들기 위해, 소중한 아이에게 남겨줄 자산을 만들기 위해 펜을 들었는데, 아차! 갑자기 드는 궁금증이 있다.

"책은 어떻게 골라야 하지?"

많은 책을 두서없이 읽는 것보다는 좋은 책 한 권을 골라 꼼꼼하게 읽는 게 더 좋다는 건 누구나 알고 있을 것이다. 그런데 막상 책을 고르려면 막막하기만 하다. 어떻게 하면 내 마음에 쏙 드는 좋은 책을 잘 고를 수 있을까?

초서를 시작하기 전에 알아두어야 할 좋은 책을 고르는 노하우를 소개한다.

서점이나 도서관에서 '진짜' 책 만나기

온라인 서점에서 간편하게 클릭 한두 번만 하면 책을 바로 집에서 받아볼 수 있는 생활이 익숙해진 요즘이다. 물론 책의 표지와 내용까지 확인할 수 있는 데다가 할인까지 받을 수 있는 온라인 서점이 편리하기도 하다. 하지만 좋은 책을 고르고 싶다면 옷을 챙겨 입고 집 밖으로 나서 오프라인 서점이나 가까운 도서관을 찾는 것이 정답!

책을 실제로 만져보며 종이의 질감이나 활자의 리듬을 느껴보는 게 포인트다. 책 냄새 물씬 풍기는 공간에 있다 보면 마음까지 편안해진다. 게다가 열심히 책을 고르는 다른 사람들을 보면서 훨씬 더 자극을 받을 수도 있으니 일석이조. 부부가 함께 아이의 손을 잡고 가족 나들이하는 기분으로 나서는 것도 좋을 것이다.

꾸준히 사랑받는 스테디셀러부터

온라인 서점이나 오프라인 서점에서 가장 먼저 눈에 들어오는 게 바로 베스트셀러와 스테디셀러를 모아놓은 코너다. 베스트와 스테디. 둘 중에 어떤 것을 집어 들어야 할까? 베스트셀러 중에서도 물론 좋은 것들이 많지만 자칫하면 반짝 마케팅에 속아 넘어가는 경우도 종종 있다. 아니면 딱 그때만 유행 때문에 꽂혀있는 책들도 많다.

그렇기 때문에 꾸준히 사랑받아 온 스테디셀러를 공략하는 게 오히려 좋은 방법이다. 오랜 시간 독자들에게 사랑받은 책들이기에 그만큼 공감을 많이 받았다는 뜻이기 때문이다. 스테디셀러 중에서 눈에 띈 몇 권을 목록에 적어놓고 차근차근 읽어보자. 도서관에서 제공하는 추천

도서 목록을 보는 것도 하나의 방법이다. 보통 많은 사람들이 대여해 읽은 책을 추천하기 때문에 스테디셀러와 마찬가지로 선택하기 좋다.

관심 있는 분야, 취향에 맞는 책이 최고

책을 꾸준히, 오랫동안 읽어온 사람이라면 어떤 책이 자신에게 맞는 지 척척 골라낼 수 있을 것이다. 하지만 오랫동안 책을 읽지 않았거나 이제 막 책을 읽기 시작하는 사람이라면 일단 책을 읽는 즐거움을 느끼는 것이 가장 중요하다. 우선 재미가 있어야 책을 술술 읽어나갈 수 있기 때문이다. 평소 자신이 좋아하는 장르의 책을 먼저 골라보자.

재미있게 봤던 드라마나 영화, 인상 깊었던 다큐멘터리와 유사한 내용의 책을 찾아보는 건 어떨까? 만화도 좋고, 무협지나 추리소설, 자기계발서, 에세이, 시집, 어떤 책이든 상관없다. 내가 흥미를 느끼고 좋아하는 책을 찾을 수 있다면 바로 그게 좋은 책을 고르는 첫걸음이 된다. 수많은 장르의 책 중 자신의 취향과 관심이 담긴 책을 선택하는 게 최고의 방법이다.

너무 쉽지도, 어렵지도 않은 책으로

관심과 취향에 맞는 책을 찾는 것도 중요하지만 그에 못지않게 읽으려는 책에 관련된 배경지식을 갖고 있는지도 중요하다. 책이 너무 쉬우면 아는 내용만 계속 나오니 읽으면서 지루할 수 있고, 너무 어려우면 내용을 이해하느라 시간도 오래 걸리고 다 읽기도 전에 지쳐버릴 수 있기 때문이다. 책 내용의 30% 가량 이해되는 정도의 책을 고르는 게 가장 좋다.

만약 어떤 책의 목차를 훑어보고 조금 읽어보았는데 이해하기가 너무 어렵다면 잠시 읽는 것을 미뤄두자. 이럴 때는 같은 주제지만 조금 더 쉬운 책을 몇 권 먼저 읽어 배경지식을 쌓은 후 도전한다. '이 정도도 이해하지 못하다니, 아직 한참 멀었구나.' 하면서 좌절할 필요는 전혀 없다. 독서를 재미있게 즐기는 게 가장 중요하다.

처음과 마지막을 펼치면 내용이 보인다

자, 서점에 도착해서 스테디셀러 코너 앞에 섰다. 관심이 가는 장르도 생각했다. 그렇다면 이제 그중에서 어떤 책을 집어 들어야 할까? 이럴 때는 우선 마음에 드는 표지의 책을 들고 첫 페이지를 펼쳐보자. 책의 처음에는 서문과 목차가 있다. 작가가 책을 쓴 의도와 내용 구성이 어떻게 되어 있는지 알 수 있는 부분이다.

5페이지 정도를 읽었는데 흥미가 생기고 더 읽고 싶다는 생각이 든다면 마지막 페이지를 펼친다. 보통 마지막에는 저자가 어떤 생각으로 이 책을 쓰게 되었는지, 독자들이 어떤 것을 느꼈으면 좋을지 말하는 작가의 말이나 해석이 있기 때문이다. 처음과 마지막의 3~5페이지에는 이렇듯 책의 핵심이 담겨있으니 꼭 살펴보아야겠다.

구석구석 즐거움이 숨어있는 고전 읽기의 묘미

　난이도가 적당하고 흥미로운 책을 읽으면서 독서에 재미를 붙이게 되었다면 이제 많이 알려진 고전을 읽어볼 차례다. 많은 사람들이 고전을 어렵고 지루하다고 생각하기 쉬운데, 전혀 그렇지 않다. 물론 단테의 신곡이나 파우스트 등 한 번에 읽고 이해하기에는 약간 어려운 고전들도 있다. 하지만 의외로 '어, 쉽게 읽히네?' 하는 고전들도 아주 많다.

　또한 고전에는 삶의 지혜와 마음을 울리는 글귀들이 아주 많다. 이전 시대에 살던 사람들은 어떤 생각을 갖고 살았는지, 그리고 그때의 생각들이 현재에 어떤 감동을 주는지 느낄 수 있는 즐거움이 구석구석 숨어있는 게 바로 고전 읽기의 묘미다. 다양한 출판사에서 시리즈로 묶은 전집을 발간하고 있으니 마음에 드는 걸 골라서 읽어보자.

쉽게 따라 하는
생활 초서

조선 후기 실학자로 많은 책을 읽은 독서광이자 뛰어난 저서를 500여 권이나 남긴 다산 정약용이 추천한 최고의 독서법이 바로 초서(抄書)다. 책의 제목과 저자, 분야 등을 적어 정리하고 읽으면서 인상 깊었던 글귀를 따로 적어놓는 것인데 쓰는 사람의 취향에 맞게 다양하게 활용할 수 있다는 게 큰 장점이다.

초서는 따로 정해진 형식이 없이 그저 손 가는 대로 적어 내려가면 된다. 그렇게 꾸준히 쓰다 보면 자신만의 초서를 쓰는 방법이 생겨날 것이다. 다산 정약용도 자신이 정한 5단계에 맞춰 초서를 적었다고 한다. 여기에서는 간단하게 참고할 수 있는 3단계 방법을 소개한다. 꼭 이 형식에 맞출 필요는 전혀 없기 때문에 부담을 느끼지 않아도 된다. 다만 초서를 시작하기 전에 작은 참고는 될 수 있겠다.

Step1. 어떤 책일까? 읽을 책 파악하기

표지와 목차, 서문을 훑어본다. 앞에서 좋은 책을 고르는 법을 알려줄 때 말했듯이 목차는 책이 어떻게 구성되어 있는지 보여주고, 서문에는 작가가 어떤 생각을 갖고 이 책을 썼는지 나와 있기 때문이다. 책을 고른 특별한 이유가 있거나 '이 책은 이럴 것 같아' 하는 생각이 문득 떠올랐다면 적어두어도 좋다.

책을 읽기 전에 준비하는 것이기 때문에 너무 자세하게 읽어보거나 생각을 곰곰이 하지는 않는다. 사람도 처음 만났을 때는 알아갈 시간이 필요하듯, 5분 정도 간단하게 앞으로 읽을 책을 미리 알아본다는 생각으로 살펴본다.

Step2. 읽고, 쓰고 나만의 초서 만들기

책의 제목, 작가, 분야 등 기본 정보를 꼼꼼히 적은 뒤에 책을 읽기 시작한다. 적는 걸 깜빡했다면 책을 다 읽고 적어도 상관없다. 나중에 어떤 책을 읽었는지 알 수 있는 목록을 만들어두는 것이기 때문에 책과 관련된 정보를 언제든 적어놓기만 하면 된다.

읽으면서 마음에 닿은 글귀를 적어둔다. 적다가 생각도 떠올랐다면 함께 적어둔다. 그림으로 그려도 좋고, 도표를 만들어 정리하거나 마인드맵을 펼쳐도 좋다. 그저 책을 읽으면서 나에게 떠오른 것들을 모두 손 가는 대로 적는다. 나중에 펼쳐보면 '아, 내가 이때 이런 생각으로 이 책을 읽었구나!' 하고 머릿속에 번뜩 떠올릴 수 있다.

소중한 자녀에게, 혹은 지인에게 전해주기 위해 쓴다면 책을 읽으면서 들려주고 싶은 이야기를 적거나 편지를 적어도 좋겠다. 초서를 전해받은 사람이 느끼는 감동도 배가될 것이다.

Step3. 한 권 한 권 쌓아 만드는 나의 서재

이렇게 초서를 쓰다 보면 점점 읽은 책이 쌓여간다. 다른 누군가에게 빌려주었거나 잃어버렸더라도 상관없다. 초서에 적어놓은 책 목록이 있기 때문에 그 책을 읽었다는 것은 절대 까먹을 수 없다. 이렇게 쌓인 책과 초서를 쭉 보면 어떤 작가의 책을 즐겨 읽었고, 어떤 장르에 가장 흥미를 가졌는지 한눈에 알 수 있다. 그러면 그동안 흥미를 갖지 않았던 새로운 분야에도 도전할 수 있고, 새로운 작가의 책도 시도해볼 수 있다.

여기에서 더 나아간다면 초서 중에서 하나를 골라 마치 작가가 된 것처럼 생각을 덧붙여 새로운 글을 쓸 수도 있다. 책 내용에서 과감히 벗어나 자신만의 또 다른 책으로 재탄생시켜보는 것이다. 이런 과정을 통해 책과 훨씬 더 가까워지는 기회를 만들 수 있다.

독서는 사계절 내내 즐길 수 있는 가장 좋은 취미이자 친구다. 봄에는 잔디밭 위에서 돗자리를 깔고 꽃향기를 맡으며, 여름에는 나무 그늘 아래 앉아 시원한 음료수를 마시며 독서를 즐겨 보자. 가을에는 책갈피에 낙엽을 꽂아놓는 낭만을 누릴 수 있고, 겨울에는 온돌방에 옹기종기 모여 앉아 책을 읽으며 따스한 온기를 느낄 수 있다.

자, 이제 책을 한 권 골라 책상에 앉아보자. 잘 깎은 연필이나 평소 좋아하던 펜을 준비하고 노트를 펼친 뒤 나의 책을 만들 시간이다. 책을 사랑하는 마음만 있다면 모든 준비는 끝난 셈이다. 초서가 한 권 한 권 쌓일 때마다 진짜 나에게 한 발짝 더 다가갈 수 있을 것이다.

적으면서 채워가는
내가 읽은 책들

올해 꼭 읽게 될 책

다산 정약용은 새해가 되면 늘 어김없이 자녀들에게 일 년 동안 읽을 책에 대한 계획을 세우라 당부했다. 책에 대한 계획은 내가 꼭 읽어야 할 책의 목록을 적는 것으로 시작된다. 여기에 꼭 읽어야 할 책을 적어보자. 초서하며 수시로 읽어야 할 목록들을 살펴본다면 반드시 읽을 수 있을 것이다.

- [ ]
- [ ]
- [ ]
- [ ]
- [ ]
- [ ]
- [ ]
- [ ]
- [ ]
- [ ]
- [ ]
- [ ]
- [ ]
- [ ]
- [ ]
- [ ]
- [ ]
- [ ]

내가 읽은 책

번호	도서명	지은이	비고

내가 읽은 책

번호	도서명	지은이	비고

번호	도서명	지은이	비고

내가 읽은 책

번호	도서명	지은이	비고

번호	도서명	지은이	비고

의

초
서

도서명 :   날짜 :

지은이 :   분야 :

출판사 :   평점 :

도서명: 날짜:

지은이: 분야:

출판사: 평점:

도서명 :   날짜 :

지은이 :   분야 :

출판사 :   평점 :

도서명 :　　　　　　　　　　　날짜 :

지은이 :　　　　　　　　　　　분야 :

출판사 :　　　　　　　　　　　평점 :

도서명 :　　　　　　　　　　날짜 :

지은이 :　　　　　　　　　　분야 :

출판사 :　　　　　　　　　　평점 :

도서명 :   날짜 :
지은이 :   분야 :
출판사 :   평점 :

도서명 :   날짜 :

지은이 :   분야 :

출판사 :   평점 :

도서명: 날짜:

지은이: 분야:

출판사: 평점:

도서명: 날짜:

지은이: 분야:

출판사: 평점:

도서명 :   날짜 :

지은이 :   분야 :

출판사 :   평점 :

도서명 :   날짜 :

지은이 :   분야 :

출판사 :   평점 :

도서명 :
지은이 :
출판사 :

날짜 :
분야 :
평점 :

도서명 :   날짜 :

지은이 :   분야 :

출판사 :   평점 :

도서명 :   날짜 :

지은이 :   분야 :

출판사 :   평점 :

도서명 :　　　　　　　　　　　날짜 :

지은이 :　　　　　　　　　　　분야 :

출판사 :　　　　　　　　　　　평점 :

도서명: 날짜:

지은이: 분야:

출판사: 평점:

도서명 :   날짜 :

지은이 :   분야 :

출판사 :   평점 :

도서명 :　　　　　　　　　　　날짜 :

지은이 :　　　　　　　　　　　분야 :

출판사 :　　　　　　　　　　　평점 :

도서명 :   날짜 :

지은이 :   분야 :

출판사 :   평점 :

도서명 :   날짜 :

지은이 :   분야 :

출판사 :   평점 :

도서명 :　　　　　　　　　　날짜 :

지은이 :　　　　　　　　　　분야 :

출판사 :　　　　　　　　　　평점 :

도서명 :　　　　　　　　　　　　날짜 :

지은이 :　　　　　　　　　　　　분야 :

출판사 :　　　　　　　　　　　　평점 :

도서명 :   날짜 :

지은이 :   분야 :

출판사 :   평점 :

도서명 :   날짜 :

지은이 :   분야 :

출판사 :   평점 :

도서명 :　　　　　　　　　　　날짜 :

지은이 :　　　　　　　　　　　분야 :

출판사 :　　　　　　　　　　　평점 :

도서명 :   날짜 :

지은이 :   분야 :

출판사 :   평점 :

도서명 : 날짜 :

지은이 : 분야 :

출판사 : 평점 :

도서명 :   날짜 :

지은이 :   분야 :

출판사 :   평점 :

도서명 :

지은이 :

출판사 :

날짜 :

분야 :

평점 :

도서명 :   날짜 :

지은이 :   분야 :

출판사 :   평점 :

도서명 :   날짜 :

지은이 :   분야 :

출판사 :   평점 :

도서명 :   날짜 :

지은이 :   분야 :

출판사 :   평점 :

도서명:　　　　　　　　　　날짜:

지은이:　　　　　　　　　　분야:

출판사:　　　　　　　　　　평점:

도서명 :　　　　　　　　　　　　날짜 :

지은이 :　　　　　　　　　　　　분야 :

출판사 :　　　　　　　　　　　　평점 :

도서명: 날짜:

지은이: 분야:

출판사: 평점:

도서명 :   날짜 :

지은이 :   분야 :

출판사 :   평점 :

도서명 :　　　　　　　　　　　날짜 :

지은이 :　　　　　　　　　　　분야 :

출판사 :　　　　　　　　　　　평점 :

도서명 :   날짜 :

지은이 :   분야 :

출판사 :   평점 :

도서명 :　　　　　　　　　　　날짜 :
지은이 :　　　　　　　　　　　분야 :
출판사 :　　　　　　　　　　　평점 :

도서명 :   날짜 :

지은이 :   분야 :

출판사 :   평점 :

도서명:
지은이:
출판사:

날짜:
분야:
평점:

도서명 :   날짜 :

지은이 :   분야 :

출판사 :   평점 :

도서명 :　　　　　　　　　　　　날짜 :

지은이 :　　　　　　　　　　　　분야 :

출판사 :　　　　　　　　　　　　평점 :

도서명 :　　　　　　　　　　　　　　날짜 :

지은이 :　　　　　　　　　　　　　　분야 :

출판사 :　　　　　　　　　　　　　　평점 :

도서명 :　　　　　　　　　　　날짜 :

지은이 :　　　　　　　　　　　분야 :

출판사 :　　　　　　　　　　　평점 :

도서명 :　　　　　　　　　　　　날짜 :

지은이 :　　　　　　　　　　　　분야 :

출판사 :　　　　　　　　　　　　평점 :

도서명: 날짜:

지은이: 분야:

출판사: 평점:

도서명 :   날짜 :

지은이 :   분야 :

출판사 :   평점 :

도서명 :   날짜 :

지은이 :   분야 :

출판사 :   평점 :

도서명 :   날짜 :

지은이 :   분야 :

출판사 :   평점 :

도서명 :　　　　　　　　　　　　날짜 :

지은이 :　　　　　　　　　　　　분야 :

출판사 :　　　　　　　　　　　　평점 :

도서명 :   날짜 :

지은이 :   분야 :

출판사 :   평점 :

도서명 : 날짜 :

지은이 : 분야 :

출판사 : 평점 :

도서명 :　　　　　　　　　　날짜 :

지은이 :　　　　　　　　　　분야 :

출판사 :　　　　　　　　　　평점 :

도서명 :   날짜 :

지은이 :   분야 :

출판사 :   평점 :

도서명 :　　　　　　　　　　날짜 :

지은이 :　　　　　　　　　　분야 :

출판사 :　　　　　　　　　　평점 :

도서명 :　　　　　　　　　　　　날짜 :

지은이 :　　　　　　　　　　　　분야 :

출판사 :　　　　　　　　　　　　평점 :

도서명 : 날짜 :

지은이 : 분야 :

출판사 : 평점 :

도서명 :   날짜 :

지은이 :   분야 :

출판사 :   평점 :

도서명 :　　　　　　　　　　　날짜 :

지은이 :　　　　　　　　　　　분야 :

출판사 :　　　　　　　　　　　평점 :

도서명 :

지은이 :

출판사 :

날짜 :

분야 :

평점 :

도서명 :　　　　　　　　　　날짜 :

지은이 :　　　　　　　　　　분야 :

출판사 :　　　　　　　　　　평점 :

도서명 :   날짜 :

지은이 :   분야 :

출판사 :   평점 :

도서명 :　　　　　　　　　　　　날짜 :

지은이 :　　　　　　　　　　　　분야 :

출판사 :　　　　　　　　　　　　평점 :

도서명 :　　　　　　　　　　　날짜 :

지은이 :　　　　　　　　　　　분야 :

출판사 :　　　　　　　　　　　평점 :

도서명 :   날짜 :

지은이 :   분야 :

출판사 :   평점 :

도서명 :　　　　　　　　　　　날짜 :

지은이 :　　　　　　　　　　　분야 :

출판사 :　　　　　　　　　　　평점 :

도서명:　　　　　　　　　　날짜:

지은이:　　　　　　　　　　분야:

출판사:　　　　　　　　　　평점:

도서명 :   날짜 :

지은이 :   분야 :

출판사 :   평점 :

도서명 :

지은이 :

출판사 :

날짜 :

분야 :

평점 :

도서명 :   날짜 :

지은이 :   분야 :

출판사 :   평점 :

도서명 :

지은이 :

출판사 :

날짜 :

분야 :

평점 :

도서명 :   날짜 :

지은이 :   분야 :

출판사 :   평점 :

도서명 :　　　　　　　　　　　날짜 :

지은이 :　　　　　　　　　　　분야 :

출판사 :　　　　　　　　　　　평점 :

도서명 :　　　　　　　　　　　　날짜 :

지은이 :　　　　　　　　　　　　분야 :

출판사 :　　　　　　　　　　　　평점 :

도서명 : 날짜 :

지은이 : 분야 :

출판사 : 평점 :

도서명 :   날짜 :

지은이 :   분야 :

출판사 :   평점 :

도서명 :   날짜 :

지은이 :   분야 :

출판사 :   평점 :

도서명 :   날짜 :

지은이 :   분야 :

출판사 :   평점 :

도서명 :
날짜 :

지은이 :
분야 :

출판사 :
평점 :

도서명 :　　　　　　　　　　　　　날짜 :

지은이 :　　　　　　　　　　　　　분야 :

출판사 :　　　　　　　　　　　　　평점 :

도서명 :   날짜 :

지은이 :   분야 :

출판사 :   평점 :

도서명: 날짜:

지은이: 분야:

출판사: 평점:

도서명 : 날짜 :

지은이 : 분야 :

출판사 : 평점 :

도서명 :　　　　　　　　　　날짜 :

지은이 :　　　　　　　　　　분야 :

출판사 :　　　　　　　　　　평점 :

도서명 :　　　　　　　　　　　　날짜 :

지은이 :　　　　　　　　　　　　분야 :

출판사 :　　　　　　　　　　　　평점 :

도서명 :   날짜 :

지은이 :   분야 :

출판사 :   평점 :

도서명 : 날짜 :

지은이 : 분야 :

출판사 : 평점 :

도서명 :   날짜 :

지은이 :   분야 :

출판사 :   평점 :

도서명 :　　　　　　　　　날짜 :

지은이 :　　　　　　　　　분야 :

출판사 :　　　　　　　　　평점 :

도서명 :   날짜 :

지은이 :   분야 :

출판사 :   평점 :

도서명 :　　　　　　　　　　날짜 :

지은이 :　　　　　　　　　　분야 :

출판사 :　　　　　　　　　　평점 :

도서명 :   날짜 :

지은이 :   분야 :

출판사 :   평점 :

도서명 :   날짜 :

지은이 :   분야 :

출판사 :   평점 :

도서명 :   날짜 :

지은이 :   분야 :

출판사 :   평점 :

도서명 :　　　　　　　　　　날짜 :

지은이 :　　　　　　　　　　분야 :

출판사 :　　　　　　　　　　평점 :

도서명 :   날짜 :

지은이 :   분야 :

출판사 :   평점 :

도서명 :　　　　　　　　　　날짜 :

지은이 :　　　　　　　　　　분야 :

출판사 :　　　　　　　　　　평점 :

도서명 :　　　　　　　　　　　날짜 :

지은이 :　　　　　　　　　　　분야 :

출판사 :　　　　　　　　　　　평점 :

도서명 :　　　　　　　　　　날짜 :

지은이 :　　　　　　　　　　분야 :

출판사 :　　　　　　　　　　평점 :

도서명 :　　　　　　　　　　　　날짜 :

지은이 :　　　　　　　　　　　　분야 :

출판사 :　　　　　　　　　　　　평점 :

도서명 :　　　　　　　　　　날짜 :

지은이 :　　　　　　　　　　분야 :

출판사 :　　　　　　　　　　평점 :

도서명 :　　　　　　　　　　　날짜 :

지은이 :　　　　　　　　　　　분야 :

출판사 :　　　　　　　　　　　평점 :

도서명 :   날짜 :

지은이 :   분야 :

출판사 :   평점 :

도서명 :   날짜 :

지은이 :   분야 :

출판사 :   평점 :

도서명 :　　　　　　　　　　　날짜 :

지은이 :　　　　　　　　　　　분야 :

출판사 :　　　　　　　　　　　평점 :

도서명 :   날짜 :

지은이 :   분야 :

출판사 :   평점 :

도서명: 날짜:

지은이: 분야:

출판사: 평점:

도서명 :

지은이 :

출판사 :

날짜 :

분야 :

평점 :

도서명 :   날짜 :

지은이 :   분야 :

출판사 :   평점 :

도서명: 날짜:
지은이: 분야:
출판사: 평점:

도서명 :   날짜 :

지은이 :   분야 :

출판사 :   평점 :

도서명 :   날짜 :

지은이 :   분야 :

출판사 :   평점 :

도서명 :   날짜 :

지은이 :   분야 :

출판사 :   평점 :

도서명 :   날짜 :

지은이 :   분야 :

출판사 :   평점 :

도서명 :   날짜 :

지은이 :   분야 :

출판사 :   평점 :

도서명 :　　　　　　　　　　　날짜 :

지은이 :　　　　　　　　　　　분야 :

출판사 :　　　　　　　　　　　평점 :

도서명 :　　　　　　　　　　　날짜 :

지은이 :　　　　　　　　　　　분야 :

출판사 :　　　　　　　　　　　평점 :

도서명 :   날짜 :

지은이 :   분야 :

출판사 :   평점 :

도서명 :   날짜 :

지은이 :   분야 :

출판사 :   평점 :

도서명: 날짜:

지은이: 분야:

출판사: 평점:

도서명 :　　　　　　　　　　　날짜 :

지은이 :　　　　　　　　　　　분야 :

출판사 :　　　　　　　　　　　평점 :

도서명 :   날짜 :

지은이 :   분야 :

출판사 :   평점 :

도서명 :   날짜 :

지은이 :   분야 :

출판사 :   평점 :

도서명 :　　　　　　　　　　　　날짜 :

지은이 :　　　　　　　　　　　　분야 :

출판사 :　　　　　　　　　　　　평점 :

도서명 :　　　　　　　　　　날짜 :

지은이 :　　　　　　　　　　분야 :

출판사 :　　　　　　　　　　평점 :

도서명 :   날짜 :

지은이 :   분야 :

출판사 :   평점 :

도서명 :   날짜 :

지은이 :   분야 :

출판사 :   평점 :

도서명: 날짜:

지은이: 분야:

출판사: 평점:

도서명: 날짜:

지은이: 분야:

출판사: 평점:

도서명 :　　　　　　　　　　날짜 :

지은이 :　　　　　　　　　　분야 :

출판사 :　　　　　　　　　　평점 :

도서명 :

지은이 :

출판사 :

날짜 :

분야 :

평점 :

도서명 :　　　　　　　　　　　　날짜 :

지은이 :　　　　　　　　　　　　분야 :

출판사 :　　　　　　　　　　　　평점 :

도서명 :　　　　　　　　　　날짜 :

지은이 :　　　　　　　　　　분야 :

출판사 :　　　　　　　　　　평점 :

도서명 :   날짜 :

지은이 :   분야 :

출판사 :   평점 :

도서명 :

지은이 :

출판사 :

날짜 :

분야 :

평점 :

도서명 :   날짜 :

지은이 :   분야 :

출판사 :   평점 :

도서명 :   날짜 :

지은이 :   분야 :

출판사 :   평점 :

도서명 :   날짜 :

지은이 :   분야 :

출판사 :   평점 :

도서명:　　　　　　　　　　날짜:

지은이:　　　　　　　　　　분야:

출판사:　　　　　　　　　　평점:

도서명 :　　　　　　　　　　날짜 :

지은이 :　　　　　　　　　　분야 :

출판사 :　　　　　　　　　　평점 :

도서명 :   날짜 :

지은이 :   분야 :

출판사 :   평점 :

도서명: 날짜:

지은이: 분야:

출판사: 평점:

도서명 :   날짜 :

지은이 :   분야 :

출판사 :   평점 :

도서명 :   날짜 :

지은이 :   분야 :

출판사 :   평점 :

도서명 :   날짜 :
지은이 :   분야 :
출판사 :   평점 :

도서명 :　　　　　　　　　　날짜 :

지은이 :　　　　　　　　　　분야 :

출판사 :　　　　　　　　　　평점 :

도서명 :   날짜 :
지은이 :   분야 :
출판사 :   평점 :

도서명: 날짜:

지은이: 분야:

출판사: 평점:

도서명 :   날짜 :

지은이 :   분야 :

출판사 :   평점 :

도서명 :   날짜 :

지은이 :   분야 :

출판사 :   평점 :

도서명 :   날짜 :

지은이 :   분야 :

출판사 :   평점 :

도서명:　　　　　　　　　　날짜:

지은이:　　　　　　　　　　분야:

출판사:　　　　　　　　　　평점:

도서명 :   날짜 :

지은이 :   분야 :

출판사 :   평점 :

도서명 :　　　　　　　　　　날짜 :

지은이 :　　　　　　　　　　분야 :

출판사 :　　　　　　　　　　평점 :

도서명:　　　　　　　　날짜:
지은이:　　　　　　　　분야:
출판사:　　　　　　　　평점:

도서명 :   날짜 :

지은이 :   분야 :

출판사 :   평점 :

도서명 :　　　　　　　　　　　날짜 :

지은이 :　　　　　　　　　　　분야 :

출판사 :　　　　　　　　　　　평점 :

도서명 :　　　　　　　　　　날짜 :

지은이 :　　　　　　　　　　분야 :

출판사 :　　　　　　　　　　평점 :

도서명 :　　　　　　　　　　날짜 :

지은이 :　　　　　　　　　　분야 :

출판사 :　　　　　　　　　　평점 :

도서명 :　　　　　　　　　　날짜 :

지은이 :　　　　　　　　　　분야 :

출판사 :　　　　　　　　　　평점 :

도서명 :　　　　　　　　　　날짜 :

지은이 :　　　　　　　　　　분야 :

출판사 :　　　　　　　　　　평점 :

추천 도서 리스트

세상에는 좋은 책도 많고 읽을 책도 많다. 맘먹고 독서를 시작하려는데 막상 어떤 책들부터 읽어야 할지 모르겠다면 전문가들이 엄선한 추천 리스트를 눈여겨보자.

1. 서울대학교 권장도서 인문고전 100선

서울대학교는 학생들의 기초 교양을 향상하기 위해 전공에 상관없이 재학기간 동안 읽어야 할 권장도서를 인문, 사회, 자연 과학 등 다양한 분야에서 선정하여 제시한다.

2. 카이스트 인문사회과학연구소 선정 과학도가 읽어야 할 인문 교양서 83선

창의적이고 지도적인 과학자가 되기 위해서 과학도들이 꼭 읽어야 할 인문 교양서 83선을 선정하여 읽도록 권하고 있다.

3. 시카고대학교 선정 시카고 플랜 고전 100권

시카고 플랜은 1929년 로버트 허친스라는 총장이 만든 것으로 학생들에게 인류의 위대한 인문고전 100권을 읽도록 하는 플랜이다.

4. 스탠퍼드대학원 '문학과 문명' 세미나 선정 세계의 결정적인 책 15권

스탠퍼드대학원에서 '문학과 문명'이란 세미나를 개최, 학생, 일반인을 대상으로 고전으로부터 근대에 이르기까지의 명저 가운데 15권을 선정하여 소개하고 있다.

5. 세인트존스대학교 선정 위대한 고전 100권

세인트존스대학교 학과나 전공이 따로 없이 4년 동안 100권의 고전을 읽고 토론을 진행하는 독특한 커리큘럼을 운영, 이를 위해 '위대한 고전 100권'을 선정하였다.

6. 미국의 시사주간지 타임 선정 20세기 최고의 책 100선

미국의 시사주간지 타임〈TIME〉은 '20세기 최고의 책'이란 주제로 100선을 선정하였다. 인문, 사회, 과학, 문학, 예술 및 기타 등 5개의 영역으로 구성되었다.

MEMO

독서에는 세 가지가 있는데, 입으로 읽고
눈으로 읽고 손으로 읽는 독서다.
그중에서 가장 중요한 것이 손으로 읽는 독서 '초서'이다.

다산 정약용